Esther Kinsky

Gedankenspiele über die Hoffnung

Literaturverlag Droschl

I

Vor dreißig Jahren arbeitete ich vorübergehend in einem Büro des Jewish Refugee Comittee in London. Das Büro hatte nach Jahrzehnten des stillen Betriebs durch den Jugoslawienkrieg wieder aktive Aufgaben der Flüchtlingsfürsorge, doch ich war damit betraut, Anfragen zu bearbeiten, für die man deutsch, gelegentlich auch russisch lesen konnte. Bei vielen Anfragen handelte es sich um Erkundigungen nach Familienangehörigen, manchmal auch Freunden, die auf irgendeinem Weg zumindest dem Vernehmen nach bis Großbritannien gekommen waren. Seltener, wenn es etwa um ein Erbe ging, waren es Behördenanfragen. In der Regel waren es Briefe von Geschwistern oder Cousins, die fast fünfzig Jahre nach der Shoah nach verschollenen Nächsten suchten, noch ein Stück Papier besaßen, auf dem ein Ort, eine Adresse gekritzelt war, oder auch nur aus der Erinnerung Namen, Orte, Fluchtrouten nannten.

Das Büro befand sich in einer Kelleretage an der Euston Road. Die kleinen vorderen Fenster, ein Stück über Augenhöhe, befanden sich auf Gehsteigsniveau. Mein Platz war im hinteren, fensterlosen Teil des Büros, wo sich die Kästen mit unzähligen Mikrofilmrollen befanden, auf die die Unterlagen der dreißiger und vierziger Jahre übertragen worden waren. Es war ein sehr heißer Juni. Mein Vater lag seit Tagen in einem induzierten Koma nach einer missglückten Herzoperation, anfangs waren die Prognosen gut, mit den Tagen wurden sie immer düsterer. Die Arbeit lenkte mich ab. Je schlechter die Prognosen für meinen Vater wurden, desto besessener suchte ich nach Antworten auf die Suchen der Briefeschreiber und -schreiberinnen. In der Mittagspause saß ich vor einem Sandwichcafé in einer Nebenstraße und fragte mich, was sie so lange hatte zögern lassen. Warum erst jetzt? Aus den Namen, Adressen und Jahreszahlen der letzten erinnerten Begegnungen hätte man eine endlose Litanei der Traurigkeit, Wehmut, der aufgeschobenen Trauer erstellen können. Wo hatten diese Namen und Daten im Leben der Briefeschreibenden gelegen, fünfzig Jahre lang? Zwischendurch verfolgte ich andere Fäden, las ganze Akten, die nichts mit einer Anfrage zu tun hatten, wenn mich eine Herkunftsadresse, ein Name, eine zeitweilige Adresse nach der Ankunft in London, Manchester, Leeds oder Glasgow beim Durchspulen des Mikrofilms aufmerken ließen, eine ferne Assoziation weckte, einen Erinnerungssplitter in Bewegung setzte. Dann bildete ich mir ein, einem der geheimnisvollen halbverschwiegenen und verschollenen Verwandten meines Vaters auf der Spur zu sein, und dieser Gedanke schien mir Hoffnungspotential zu haben. Hoffnung für wen? Für meinen Vater im Koma, für mich im heißen London, für den, dessen Daten auf dem Mikrofilm eingebrannt waren? Jeden Tag fragte mich Patricia, die Leiterin der Abteilung, die mir diese Arbeit angetragen hatte, nach meinem Vater. Eines Tages lud sie mich zum Mittagessen ein, wir wechselten ein paar banale Sätze, dann sagte sie: Du weißt, dass es für deinen Vater keine Hoffnung mehr gibt? Nach kurzem Zögern sagte ich: Ja. Ich erinnere mich sehr gut an den Heimweg am späten Nachmittag. Der Verkehr staute sich vor der Themsebrücke, die ich überqueren musste, weil der Asphalt vor Hitze schmolz. Die Busse mussten anhalten, die Fahrgäste zu Fuß gehen. Die Absätze meiner Sandalen blieben mehrmals stecken. Alles war wie Blei, die Luft, das Themsewasser, die Straße. Ich kam nach Hause, setzte mich in mein Zimmer und wartete auf das Klingeln des Telefons. Aus allen Hintergärten drangen die Geräusche von Sommerabenden. Kindergeschrei, Besteckklappern, Gitarrenplinkern, Radiostimmen. Polizeisirenen, die Motoren der Flugzeuge im Landeanflug. Es war noch hell, als meine Schwester anrief, mein Vater war tot.

Die Stunden dieses Nachmittags und frühen Abends haben sich meiner Erinnerung eingebrannt als eine aus dem Lauf der Zeit gelöste Phase, in der es *keine Hoffnung mehr gab*.

Und diese bleiernen Stunden waren das Erste, was mir zu diesem so leichten, alltäglichen und so schwierigen und befrachteten Wort *Hoffnung* einfiel. Dabei denke ich heute, aus dem Abstand der Jahrzehnte, auch daran, was für ein seltsames Biotop der Hoffnungen dieses Büro war, welche Fäden der Erwartung sich dort verflochten und verwirrten und schließlich ausfransten. In jeder mikroverfilmten Akte steckte die Hoffnung darauf, gefunden, wiedergefunden, von jemandem erkannt und erinnert zu werden, in jedem Ansuchen steckte die Erwartung, eine vage Hoffnung könne sich wider die Wahrscheinlichkeit bewahrheiten. Immer die Hoffnung. Auch die Frage, die mich damals beschäftigte: warum erst nach 50 Jahren dieser oder jener Brief geschrieben wurde, wie es dem oder der Schreibenden in Australien, Kalifornien und Argentinien vorher beim Denken an die Gesuchten ergangen sein mochte – auch die fand eine Antwort in der Hoffnung. Die Schreibenden hatten fast ein halbes Jahrhundert lang gefürchtet, mit dem Wissen eine Hoffnung zu verlieren. Die Hoffnung wog schwerer als die ferne Möglichkeit einer guten Nachricht.

II

Wie nähert man sich ihr an, der Hoffnung als Konzept, dieser Flieh- und Schubkraft des Menschenlebens, zehrend und stärkend, konfliktgeladen durch die unvermeidlichen Reibungen zwischen Widersprüchen, eine Dynamik, die sich daraus nährt, dass dem Menschen immer etwas fehlt, dass sich so oft die Gegenwart, wenig tragfähig zwischen Vergangenheit und Zukunft gespannt, für eine Neigungsrichtung entscheiden soll und sich dabei selbst vergisst. Wohin soll der Blick gehen – in die Vergangenheit oder die Zukunft? Zu selten liegt er auf dem Allernächsten. Zukunft heißt: ein permanenter Möglichkeitsraum, in den sich Wünsche und Träume projizieren lassen. Die Fähigkeit zum Zukunftsdenken definiert den Menschen, und daran gebunden ist das Konzept Hoffnung, so vielbeschworen und dabei so abgenutzt und abgegriffen. Da ist das konkrete Hoffen des Einzelnen – auf Genesung, auf ein Wiedersehen, auf Linderung von Schmerzen, auf eine glückliche Fügung – und daneben die kollektiven Wunschträume wie etwa soziale Gerechtigkeit, Frieden, aber auch territoriale Erweiterung, nationale Bestätigung, Macht oder Sieg in einem Konflikt. Nicht jede Hoffnung hat ein hehres Ziel.

Wie also nähert man sich definierend an? Hoffnung ist der Versuch, ins Dunkel des Ungewissen vor uns ein Licht zu werfen, das den Weg finden soll, im äußersten Fall ist es Festhalten an einer Unwahrscheinlichkeit. Es gibt den Versuch einer mathematischen Definition, die Hoffnung da ansiedelt, wo die Wahrscheinlichkeit eines guten Ausgangs oder des Eintretens eines erwünschten Ausgangs über Null liegt. Wie die Stufen einer Wahrscheinlichkeitsskala aussehen, auf der die Hoffnung ihren Platz im Verhältnis zu anderen Erwartungsformen findet, weiß ich nicht. Nicht zu verwechseln ist die Hoffnung übrigens mit dem Optimismus. Während der Optimismus aus Veranlagung stets in einer Situation oder Entwicklung das Potential für einen positiven und wünschenswerten Ausgang sieht, ist die Hoffnung eine geistige und seelische

Anstrengung der Zuversicht angesichts einer völligen Ungewissheit. Wer hofft, überlässt sich den Möglichkeiten. Einzeln oder zu mehreren. Dieses Merkmal definiert die Hoffnung positiv, was nicht heißt, dass jede Hoffnung wünschenswert ist und sich positiv artikuliert. Jede Hoffnung – insbesondere kollektiv gehegte – ist in Gefahr, in hohles Pathos zu verfallen, weil sie im Vagen operiert, sie wird leicht rhetorisch überdehnt und sogar aggressiv. Die Bauschigkeit der Sprache soll die unweigerlichen Zweifel verhüllen, die jede Zukunftsvision gebiert. Zweifel, im Extremfall die Verzweiflung, sind die Gegenspieler der Hoffnung.

Was kommt mir – nach den persönlichsten Erinnerungen – in den Sinn, wenn ich das Wort *Hoffnung* höre? Ich denke *hope*, und beim Wort *hope* denke ich an das gefiederte Fabeltierchen aus dem berühmtesten Gedicht von Emily Dickinson:

»Hope« is the thing with feathers –
That perches in the soul –

And sings the tune without the words –
And never stops – at all –

Die Hoffnung als das Federding, das gefiederte Etwas, das Fiedrig-Fedrige, etwas schwer Definierbares, und jedoch konkret – *the thing*. Mit Fiedrigem verbindet sich Flüchtiges, Flugbereites, ein Ding mit Auf-und-Davon-Potential, doch im Gedicht entpuppt es sich dann doch als ein Vöglein, das in der Seele hockt wie auf der Stange im Käfig und unablässig ohne Worte singt. *And never stops – at all*. Ebenso hilflos wie unverdrossen kommt die Hoffnung daher – und wortlos, nur Stimme, nur Ton, Melodie, ein Signal in niemandes Namen, das ermutigt, sich dem Ungewissen der Zukunft zu stellen, dieser allein dem Menschen eigenen Zeitdimension. Dabei ist die Musik ja immer im Jetzt, sie kennt keine Zukunftsform, während die Sprache das Instrument der Zukunft und der Hoffnung ist. Nur in der Sprache lässt sich Zukunft ausdrücken, lässt sich das Verhältnis von Vergangenheit, Gegenwart, Zukunft differenziert und komplex artikulieren, ob als lyrische Vision oder als agitatorisches Pamphlet. Das in die Zukunft gerichtete Konzept Hoffnung ist unmittelbar mit dem verbunden, was den Menschen auch vor anderen Wesen auszeichnet, nämlich dem Bewusstsein eines Defizits. Die an die Existenz gebundene Empfindung von Mangel ist es, die Dasein und Bewusstsein des Menschen prägt und ihn der Hoffnung bedürftig macht. Dem Mangel des Augenblicks – und es gibt kaum einen Augenblick ohne Mangel – wirkt die Hoffnung entgegen, die Aussicht auf seinen Ausgleich, die Beschwörung des Besseren in Worten.

Tagtäglich führt man das Hoffen im Munde. Auf einer einzigen zehnminütigen Fahrt im Bus höre ich Kinder auf Schnee hoffen, eine alte Dame hoffen, dass sich ein Fleck entfernen lässt, ein leise raunendes Paar auf eine Zusage hoffen. In den Nachrichten ist die Rede von der Hoffnung des einen Landes auf Frieden und der eines anderen Landes auf Sieg, Letzteres unweigerlich mit der Niederlage des Gegenübers verbunden und damit auch unweigerlich ein Keim für weiteren Konflikt, weitere Verzweiflung, gegen die weitere Hoffnung ins Feld geführt wird. Eine Meldung ist der Hoffnung auf ein Abwenden des verhängnisvollen Klimawandels gewidmet, die nächste der Hoffnung auf Erholung der wirtschaftlichen Produktivität. Es ist Dezember 2022, das vielleicht dunkelste Jahr in meiner Erfahrung geht zu Ende, die Welt brennt an allen Enden, Raubbau an der Natur, Kriege, Glauben an Gewalt, Gier und Ausbeutung zündeln allenthalben, die nächtlichen Geschäftsstraßen der europäischen Städte sind gesäumt von Obdachlosen. Störung und Zerstörung dominieren jede Nachricht, und doch ist das Reden von Hoffnung die gängigste verbale Münze. Eine Münze, die vielseitig anwendbar und doch so wertlos ist. »Auf der Wiese der Hoffnung tanzen viele Toren«, heißt es in einem Sprichwort, vielleicht ist es spanisch, vielleicht russisch oder türkisch, es könnte von überall sein, wo die Wahrnehmung der Gegenwart weniger wichtig ist als die Beschwörung der Zukunft, und eignet sich als passende Replik auf ausgewrungene Phrasen wie die von der Hoffnung, die ewig währt, die »zuletzt stirbt«. *Hope springs eternal*, wie es auf englisch heißt, wenngleich auch oft ironisch angemerkt, im Angesicht von Aussichtslosigkeit. Hoffnung trügt. Doch in einer Kultur mit linearer, zielorientierter Zeitvorstellung und dem damit verbundenen ständigen Bewusstsein, dass Ungewisses vor uns liegt, das sich der Kontrolle entzieht, ist sie dem Menschen auch Stütze und Hilfe. Die Möglichkeit im Rahmen menschlicher Endlichkeit gebiert das Bedürfnis nach Vision von dem, was werden kann, egal ob es sich in Gestalt einer umfassenden Utopie um kollektive Besserung der Verhältnisse handelt oder um persönliches Wohlergehen. Jede Zukunftslastigkeit des Denkens jedoch gefährdet gleichzeitig den Sinn für das, was ist, jede geschürte Hoffnung das Bewusstsein für akute Misstände.

Das alltäglich geäußerte *hoffen* hat nur sehr entfernt mit dem Konzept Hoffnung zu tun, bei dem Hoffende sich bereitwillig auf das Ungewisse einlassen. Die Italiener sagen es differenzierter mit ihrem »mi auguro« – dem Wünschen ins Ungewisse. Manchen, die mit der Geläufigkeit der Wendung nicht großgeworden sind, mögen dabei die Auguren einfallen, die im antiken Rom vom Staat damit betraut waren, am Vogelflug den Willen der Götter abzulesen. »Mi auguro« ist ein zuversichtliches Wünschen, für das man nicht unbedingt am Himmel liest, doch ist es auch – wie alles Wünschen – nicht mehr als eine ausgeworfene Leine ins Unbekannte der Zukunft, vor deren Unberechenbarkeit kein Entkommen ist. Doch mit »auguro« erscheinen diese Wünsche weniger verstrickt in die größere Geste der »speranza« als Hoffnung. Der Mensch ist ein vorsichtig spekulierender Bittsteller gegenüber der Zeit, der sein Wünschen vorsichtshalber nicht als Fordern missverstanden sehen will. Das Hoffen erscheint hier eher als ein beschwörender Umgang mit der Zukunft, eine bescheidene Betonung der eigenen Hilflosigkeit gegenüber dem, was bevorsteht. Einer Hilflosigkeit, die der des Federdings namens Hoffnung gleichkommt.

Etymologisch betrachtet kommt die Hoffnung aus einer anderen Ecke als erwartet, sozusagen aus einer unverhofften Ecke. Sie wurzelt in dem niederdeutschen »hoppen«, dem althochdeutschen »hopfan« und dem mittelhochdeutschen »hupfen« oder »hüpfen«, in der Tat verwandt dem heutigen hüpfen oder hopsen, auf Englisch, wo Hoffnung »hope« heißt, sagt man »hop on a bus« etwa, rasch auf den Bus springen, in der Hoffnung, schnell irgendwo hin zu gelangen. »Aufhoffen« oder »verhoffen« hieß vor etlichen Jahrhunderten so viel wie stutzig werden, überrascht sein. In der Jägersprache »hofft« das innehaltende, sich argwöhnend umschauende Tier, während »gedinge« noch im 15. Jahrhundert das Wort für »Hoffnung« war, vielleicht abgeleitet von der Bedeutung des Worts als »Versprechen«. Jedenfalls lautete ein spätmittelalterlicher Spruch: *die drei götlichen tugent, das sind gelaub, geding und götliche minn.*[1] Aus dem »Hüpfen« im Sinne von überraschtem Auffahren wurde ein ungeduldiges Ausschau halten und erwarten, womit man beim heutigen Hoffen als Entsprechung von »spe-

1 Grimm, Wörterbuch der deutschen Sprache, Bd. 4, S. 2029

rare« ist.[2] Während das »Verhoffte« ein Gegenwartsereignis war und keine Projektion in die Zukunft, war das lateinische »sperare« indessen durchdrungen von christlicher Jenseitsfixierung. Es verwies auf die Erlösung als den mit dem Leben zu bezahlenden Freikauf von der durch Defizit definierten Existenz. Mit der Zeit wurde das »hoppen« zu hoffen, das Unverhoffte des Moments zum Erwarten und ließ sich einspannen ins Hegen des lateinischen »spes«, das so gut in alle Religionen passte, die sich nach vorne, voraus werfen, der linearen Zeit folgen auf ein Ziel zu, das in der Regel ungreifbar bleibt: Messias, Erlösung, Paradies, Jenseits, *the sweet hereafter*. Hoffnung und Jenseits sind ein Kapitel für sich, der *locus amoenus* des Paradieses ein Versprechen, an das man nur glauben, von dem man nie wissen kann, und so gehört der Glauben unbedingt zur Hoffnung, wenn Erlösung angestrebt wird. Weitab von jedem »hoppen« ist diese Hoffnung ein Bekenntnis

2 vgl. Grimm, Wörterbuch der deutschen Sprache Bd. 10, S. 1668/69

zu Gott, ein *Spem in alium*[3], wie es Thomas Tallis gegen Ende des 16. Jahrhunderts auf eine Art und Weise vertonte, dass man sich auch heute selbst ohne Erlösungserwartung allein durch den Gesang in eine andere Sphäre der Zuversicht erhoben finden mag. Das mag daran liegen, dass das Werk, im Unterschied zur Richtung des Hoffnungsdenkens, zyklisch strukturiert ist, dass es als Klanggebilde mit seiner Gegenwärtigkeit überwältigt, die einen Glückszustand vermitteln kann. Wie steht die Hoffnung zum Glück? Kann Hoffnung in ihrer Zukunftsfixiertheit glücklich machen? Meint Emily Dickinson eine Art Glück, wenn sie von der Süße des Gesangs des Federdings spricht, von der »Wärme«, die es ausstrahlt?

And sweetest – in the Gale – is heard –
And sore must be the storm –
That could abash the little Bird
That kept so many warm –

---

3 Spem in alium nunquam habui praeter in te, Deus Israel / »Ich habe niemals meine Hoffnung in irgendeinen anderen als dich gelegt, Gott Israels« (Buch Judit)

Je ärger der Sturm, desto süßer der Gesang des kleinen Vogels Zuversicht, je bedrohlicher und ungewisser die Situation, desto stärker die Hoffnung. Eine Gleichung, die auf passive Zuversicht baut, auf ein Vertrauen, das die Hoffnung mit Tatenlosigkeit assoziiert.

Je weniger die Gegenwart zählt, je stärker Denken und Kultur auf die Zukunft gerichtet sind und sich zusätzlich aus einer idealisierten Vergangenheit nähren, desto dringender braucht man das Element Hoffnung, das positive Sich-Einlassen auf das unbekannte Kommende, die vereinte Anstrengung von Zuversicht und Phantasie. Die lineare Vorstellung der Zeit, eine Vorstellung, in der der Mensch, ja die ganze Welt um ihn herum, unaufhaltsam und unwiderruflich vorangeschleudert wird, mit beschränkter Freiheit der Bahn, auf der man sich weiterbewegt, ohne Möglichkeit der Rückkehr an einen vergangenen, im güldenen Licht fiktiver Herrlichkeit erzählten Punkt, doch auch ohne Chance auf Wiederholung und Wiedergutmachung begangener Irrtümer und Verfehlungen, konfrontiert ihn permanent mit der Ungewissheit. Hoffnung ist die Antwort darauf, sie ist Prinzip und Strategie, die zwar nicht unbedingt Glück vermittelt, doch den Menschen für die Ungewissheit – je nach seelischer Verfassung – rüstet, ihn allerdings – entsprechend instrumentalisiert – auch anfällig für Manipulationen macht. Etwa durch religiöse Lehren, die das Bewusstsein des Defizitären der menschlichen Existenz mit dem »Sündenfall« verknüpfen und dem größten, dem fundamentalen Mangel des menschlichen Lebens – seiner unweigerlichen Endlichkeit – mit dem Jenseitsversprechen abhelfen wollen. Der Tatsache der Sterblichkeit kann keine ans Dasein geknüpfte Hoffnung beikommen, so wird die Hoffnung im Diesseits zur Zuversicht, ein unendliches Jenseits zu erreichen, um im Sein zu bleiben. Hoffentlich. Die Erwartung eines Glücksorts in der Zeitferne jenseitiger Zukunft bindet das Potential zu Auflehnung und aktivem Widerstand gegen die Verhältnisse.

I've heard it in the chillest land –
And on the strangest Sea –

Yet, never, in Extremity,
It asked a crumb – of Me

– so lautet die dritte Strophe des Gedichts. Die Hoffnung ist bescheiden und anspruchslos, sie verlangt nichts vom »Ich«, von den Hoffenden. Sie gibt, ohne zu fordern. So gibt sie den Hoffenden auch keinen Anlass, selbst zu handeln, um Veränderungen herbeizuführen. Diese Einstellung berührt heute in demselben Maße aktuelle Fragen wie eh und je. An die Stelle jenseitsorientierter Zuversicht sind die Wissenschaften und damit verbundener Fortschritt als virtueller Heilsort getreten, der Lösungen verheißt. So etwa im Umgang mit dem Klimawandel, mit einer Bedrohung des Menschenplaneten, wie es sie noch nie gegeben hat, sogar mit Kriegen, die immer näher rücken, mit Krankheiten und Umwälzungen infolge der massiven Beschädigungen des Lebensraums. Welche Rolle spielt da die Hoffnung für Bewusstsein und Handeln?

Das alte, liebe, böse Hoffen –
Die Seele lässt es einmal nicht.

– schreibt Theodor Fontane mit melancholisch-resigniertem Unterton in seinem Hoffnungsgedicht *Zerstoben sind die Wolkenmassen*. Die Hoffnung ist ein zwiespältiges Phänomen im Menschenleben, sie stärkt, wo sie eine positive Vision vermittelt, doch demoralisiert, wo diese Vision zerschellt. Auch im 19. Jahrhundert mit seinem wachsenden Bewusstsein für die Missstände der Gesellschaft und des Kapitalismus und den daraus resultierenden großen Bewegungen für soziale Gerechtigkeit wurde das Individuum vor die Wahl gestellt: passiv hoffen (oder gar beten) oder aktiv eingreifen? »Es gibt – noch – Hoffnung«: ist dieser Satz angesichts schwindender Optionen heute Trost oder Mahnung? Soll man abwarten, sich verlassen auf Wissenschaft, Politik, intervenierende Kräfte, die aber den Status quo bitte nicht in Frage stellen sollen? Oder ist es eine Aufforderung dazu, selbst aktiv zu werden, zu erkennen, dass die Hoffnung sehr wohl etwas vom Ich verlangt, um bestehen zu können, und dass die Umsetzung einer Vision auch eine Störung der gewohnten Verhältnisse mit sich bringen kann? Ist Hoffnung nicht auch immer Verantwortung und Anlass zu handeln?

III

Hoffen statt Handeln, Hoffen als Handeln oder gar Handeln statt Hoffen – das sind die Fragen, die sich in Krisensituationen immer stellen. Wie soll man Stellung beziehen angesichts von Naturkatastrophen, zunehmender Armut oder gar eines Krieges? Auch behütete Europäer, mit ihrer ganz der Hoffnung verschriebenen Kultur und einer Jahrzehnte währenden Kriegsferne, spüren die Grauen näher rücken. Die menschliche Regung, das Herz als Leidens- und Mitleidensorgan, wird zum Hoffen auf Frieden neigen, das politisch-strategische Denken zu einer Hoffnung auf eine wohlstandserhaltende Klärung der Machtverhältnisse, die Rüstungsindustrie (und mit ihr mancher Ökonom) zur Hoffnung auf materialintensive Schlachten. Steht der Pazifismus für Hoffnung oder Handlungsverweigerung? Können Aufrüstung und Waffenlieferungen jemals für hoffnungsorientiertes Handeln stehen? Kann es jemals zu Hoffnung

Anlass geben, wenn eine Kriegshandlung Dutzende junger Menschen umbringt, unabhängig davon, auf welcher Seite sie standen oder zu stehen gezwungen waren? Wie viel hat Hoffnung mit Macht zu tun? Warum zählt nach herrschendem Konsens die Hoffnung von Migranten aus Krieg und Elend auf ein materiell besseres, sichereres Leben in den demokratischen Wohlstandsgesellschaften weniger als die Hoffnung der Angehörigen dieser Gesellschaften, ihr Wohlstandsniveau zu erhalten oder gar zu verbessern? Was wiegt welche Hoffnung? Schiller widmete der Unverwüstlichkeit der Hoffnung im Menschen ein Gedicht, das eingangs fast abfällig daherkommt, wenn es etwa von der Jagd auf »Verbesserung« spricht, die ein breites Spektrum abdecken kann vom ganz persönlichen materiellen Interesse über Machtansprüche bis hin zur altruistischen Hoffnung auf eine Überwindung von sozialem Elend. Doch geht es in dem Gedicht eigentlich um den Glauben an das Bessere im Menschen schlechthin, eine Ahnung der Möglichkeiten, die die Menschheit als Ganzes hat:

Im Herzen kündet es laut sich an:
Zu was Besserm sind wir geboren,

heißt es da. Es geht nicht um Privilegien, sondern um die stets gültige Berufung zum Streben nach Besserem, was in erster Linie das Gute als Veranlagung voraussetzt. Wo im Menschen das Gute ist, ist auch das Streben nach dem Besseren. Hoffnung liegt im Vertrauen auf diese Anlage, nicht auf Hilfe von anderer Seite. Im Unterschied zum passiven Hüter des machtlosen Vögleins Hoffnung in Emily Dickinsons Gedicht ist der Mensch hier weniger getröstet als ermächtigt. Das »Bessre« verweist nicht auf Stasis, sondern auf eine Entwicklung und Dynamik. Das Bild des in die ungewisse Zukunft blickenden Menschen, der dem Vertrauen auf »das Bessre« folgt, ist handlungsorientiert und geht davon aus, dass der Mensch sich entscheiden kann und muss, anstatt Trost und Beruhigung zu suchen.

Denke ich an Hoffnung als Streben nach dem Besseren, denke ich an den Begriff des »ardore« in Dantes *Commedia*, an dieses brennende Streben, nach Erkenntnis, nach

Einsicht, nach Erfahrung, nach Verbesserung des menschlichen Geschicks. Ich denke an die Begegnung des Wanderers im Inferno mit der verdammten Seele des Odysseus, eine Szene, in der sich Hoffnungslosigkeit und Hoffnung auf eine unvergleichliche Weise miteinander verflechten. Kein klassisches Werk der Literatur durchläuft die Tiefen und Höhen menschlicher Existenz mit all ihrer Angst, Verzweiflung, Suche und Hoffnung mit einer solchen Intensität wie Dantes *Commedia*, die schließlich in einer Vision der Liebe als Erleuchtung gipfelt und damit – anders als der Glaube – der Hoffnung als Kraft Substanz verleiht. Noch befindet sich der Erzähler hier, im Canto 26 des Inferno, von Vergil geführt auf der Wanderung durch das Theater der Qualen und Leiden, weitab von jedem Anblick, der zu Hoffnung Anlass geben könnte. Doch dann wird der Blick des Erzählers magisch von einer Erscheinung angezogen, in der Vergil die Seele des Odysseus erkennt. Gemeinsam mit Diomedes, mit dem er in Troja das Palladium raubte, ist Odysseus in eine Doppelflamme gebannt und verbüßt seine Strafe ohne jede

Aussicht auf Erlösung im Graben der »falschen Ratgeber«. List, Tücke, der ihm in Homers *Odyssee* immer wieder zugeschriebene sogenannte »Erfindungsreichtum« bescheren ihm die Strafe, doch diese Charaktermängel kommen nur kurz zur Sprache. Was hier im Zentrum steht, ist die Bereitschaft des eigentlich ganz in seiner Gegenwart agierenden antiken Helden zur zukunftsbezogenen Grenzüberschreitung, sein Erfahrungshunger, sein Streben, das all seiner Verfehlungen zum Trotz doch als eine Suche nach dem »Bessren« im Menschen gelten kann. Hier geht es weder um den Krieger noch den Heimkehrer, sondern eine Version der *Odyssee*, in der der Held beim Aufbruch von Kirkes Insel seine verbliebenen Gefährten zu einer Reise, einem Vorstoß ins gänzlich Unbekannte auffordert. Auf Bitte des vermittelnden Vergil beschreibt Odysseus das Wie und Warum seiner verhängnisvollen Fahrt, die mit dem Schiffbruch am Läuterungsberg ihr Ende findet. Es sind Zeilen, die in ihrer Relevanz für das Nachdenken über Sinn und Ziel menschlichen Seins und Strebens nach der »Verbesserung« über die Jahrhunderte nichts eingebüßt haben und gerade in jüngerer Zeit von Primo Levi bis Enzensberger so häufig zitiert, befragt und interpretiert worden sind: »Bedenkt den Samen, den ihr in euch tragt!«, zitiert Odysseus' Seele seinen Appell an die Gefährten, um in ihnen Alter und Müdigkeit zum Trotz den Funken der Begeisterung wachzuhalten. »Geschaffen wart ihr nicht, damit ihr lebtet wie die Tiere, vielmehr um Tugend und Erkenntnis anzustreben!« Dieses Streben manifestiert sich im »ardore«, dem glühenden Trachten nach neuer Erfahrung, das Odysseus in seinen Gefährten sehen will; diese Glut treibt auch ihn. Die Reise scheitert, sie endet mit dem Untergang des Bootes. Doch Odysseus gehört nicht zu den Verdammten, die unablässig körperlichen Qualen ausgesetzt sind, er ist eine Flamme, der Inbegriff des »ardore«, und auf komplexe Weise doch ein Hoffnungsträger, weil er im Dichter die Ahnung einer Verwandtschaft weckt, die ihn auf seinem Weg zur erlösenden Erkenntnis begleitet. Der vom verdammten Odysseus beschworene »ardore« beseelt nicht nur Dante, sondern jeden Dichter, jeden Künstler, jeden Wissenschaftler, ja jeden Menschen, der bereit ist, Grenzen auszuloten, neue Möglichkeiten zu erkunden. Der »ardore« ist eng verwandt mit dem, was Schiller als das Trachten und Streben nach dem »Bessren« identifiziert, nach dem, was dem Menschen im positiven Sinne möglich ist. Diesem Streben zu folgen ist nach dem Danteschen Odysseus die Aufgabe des denkenden und erkennenden Menschen schlechthin, und bei Schiller unauflöslich mit der Hoffnung verbunden.

Und was die innere Stimme spricht,
Das täuscht die hoffende Seele nicht.

Mit diesen zuversichtlichen Worten schließt Schillers Gedicht. Suchen, Erkennen, Schaffen erscheinen als die Kräfte, die zum Besseren führen, und der Glaube an diese Möglichkeiten des menschlichen Erkenntnis- und Entdeckensdrangs als die Hoffnung, der man sich verschreiben kann.

IV

Der Odysseus aus Homers *Odyssee*, wie wir sie kennen – im Unterschied zu dem der lateinischen Version in Mittelalter und Frührenaissance –, ist ein Mensch der Gegenwart, verankert in einem Bezug zum Göttlichen, das außerhalb der Zeit steht, und im Bewusstsein der Ahnen, auf deren Schultern er geistig steht, bewegt er sich von Jetzt zu Jetzt. Erst als er, aller Gefährten und Zeugen seiner Taten verlustig, gerettet wird und als Überlebender ohne Spur, der nur sein Wort hat, am Hofe des fremdenfreundlichen König Alkinoos sitzt, formuliert er seine Geschichte als Vergangenheit und bekennt sich schließlich zu einer Zukunft in Gestalt der endgültigen Absicht einer Heimkehr. Zu jeder Geschichte gehört das Vergehen von Zeit, jedes Narrativ arbeitet mit Vergangenheit und einer Stimme zurückblickender Gegenwart, so subtil sie auch geführt sein mag, während die Zukunft nur die Rezeption des Erzählten sein kann.

Auch Hoffnung existiert nicht in einem sozialen und historischen Vakuum, sie hat immer eine Geschichte, und die Tragfähigkeit jeder Hoffnung hat viel mit dem Konsens zu tun, der über diese Geschichte herrscht und im Austausch und Gespräch weiterentwickelt wird. Die Hoffnung darauf, dass Gewalttaten zwischen Akteuren ein Ende finden, kann nur Bestand haben, wenn sich alle Beteiligten zumindest darüber einig sind, dass diese Gewalttaten als solche tatsächlich geschehen sind. Die Hoffnung auf eine Erwiderung von Liebe kann sich nur aus der Erinnerung an Anzeichen der Erwiderung nähren. Die Hoffnung auf Frieden in der Welt hingegen gehört ins Reich der Utopie, weil es eine Hoffnung auf einen Zustand ohne Präzedenz ist. Ein universaler Friede könnte nur mit einer universalen Amnesie einhergehen, mit dem Vergessen von Geschichte. Doch was wären wir ohne Geschichte, ohne Erinnerung? Was wäre die Hoffnung ohne die Erinnerung, die auch da prägt, wo sie des vorwärts gerichteten Blicks willen verworfen werden soll und die selbst im Vergehen der Zeit unentwegt zu

Erinnerung wird, während Zukunft das ewig Flüchtige bleibt.

Unter dem Titel *They Say that Hope is Happiness* (*Es heißt, die Hoffnung sei das Glück*) zeichnet Byron in knappen, zu einer erhofften Musik zu singenden Versen das vertrackte, in stetem Fluss existierende Verhältnis von Hoffnung und Erinnerung, die beide kein Glück verheißen.

They say that Hope is happiness;
But genuine Love must prize the past,
And Memory wakes the thoughts that bless:
They rose the first – they set the last;

And all that Memory loves the most
Was once our only Hope to be,
And all that Hope adored and lost
Hath melted into Memory.

Alas it is delusion all:
The future cheats us from afar,
nor can we be what we recall,
nor dare we think on what we are.

Jede Vision, die wir hoffend nähren, bedient sich der Bilder aus der Erinnerung, an denen wir uns orientieren. Im unaufhaltsamen Lauf der Zeit verschlingt die Gegenwart unentwegt Zukunft und Vision und macht sie zu Vergangenheit. Byrons Gedicht beschwört rhythmisch den Sog der vergehenden Zeit herauf, das unablässige Strömen von Erleben und Empfinden in die Erinnerung, die Entlarvung des Trugs der Hoffnung und Zukunft im Näherkommen, und doch suggerieren Rhythmus und Melodie – ähnlich wie die Motette »Spem in alium« von Thomas Tallis – etwas Zyklisches, einen kreisenden Strudel von Werden und Vergehen, Erhoffen und Erinnern, in dessen Mitte unnahbar und unangetastet die Gegenwart steht, ewig von Bewegung durchströmt und ewig statisch. *The future cheats us from afar* – Die Zukunft ist Trug, die Vergangenheit nur noch Erinnerung, nicht mehr Sein – *nor can we be what we recall* – und für die Gegenwart fehlt uns der Mut: *nor dare we think on what we are.* Der Mensch im Vakuum zwischen Hoffnung und Erinnerung, ohne sich dem Augenblick zu stellen.

V

Das Glück des Jetzt ist einem hypothetischen, der Hoffnung zugeschriebenen Glück entgegengesetzt. Die Hoffnung gilt nie dem Bestehenden und sie ist selten die rettende Kraft, weil sie die Gegenwart außer Acht lässt und im Angesicht schrumpfender Zukunft versagt. Vor einigen Jahren wurde bei dem mir nächsten Menschen die terminale Phase seiner Krebserkrankung diagnostiziert. Nach zweieinhalb Jahren der Behandlungen und Remissionen gab es nun »keine Hoffnung mehr«. Aber was hieß Hoffnung? Hoffnung hätte geheißen: weitere Therapieversuche, eventuell Operationen, Spitalsaufenthalte, eine Wand des Ungewissen, der wir beide uns hätten mit hoffnungsvoller Offenheit stellen müssen, leidend und mitleidend. So nun stand fest, dass man unweigerlich einem gewissen baldigen Dunkel entgegenging.

M. kam aus dem Spital nach Hause. Es war September, wurde Oktober. Die Sonne schien durch die Fenster herein, draußen fielen langsam die ersten Platanen- und Lindenblätter nach einem langen trockenen Sommer, ein obdachloser Bratschist aus der Ukraine spielte an der nächsten Straßenecke Bartók. Wir machten Spaziergänge in kleinen Schritten, hörten Musik, fuhren abends ins Kino. Manchmal hatten wir das Programm falsch gelesen und landeten in einem unerwarteten Film, etwa in Pasolinis *Skizzen für eine afrikanische Orestie* anstatt in *Große Vögel, kleine Vögel*. Auf dem Heimweg lachten wir über Kleinigkeiten, die uns aufgefallen waren. Jeden Abend las ich M. vor. Ich erinnere mich an diese Wochen ohne Hoffnung als überstrahlt von einem ganz zusammenhanglosen Glücksgefühl, wie ich es nur in meiner Kindheit erfahren hatte. Die wenigen Male, bei denen ich das anderen gegenüber erwähnte, stieß ich auf Befremden. Wie konnte man jetzt glücklich sein? Doch ohne die an Ungewissheit gebundene Hoffnung gab es auch keine Zukunft und nur noch Gegenwart. Auch über die Vergangenheit sprachen wir nicht. Nur einmal ergriff mich eine schreckliche Beklommenheit, als wir am Ufer des Landwehrkanals saßen, M. auf die gelben Blüten der Ranunkelbüsche zeigte und sagte: Wie seltsam, die blühen schon wieder. Im Garten hinter unserer Wohnung blühten im Frühjahr Ranunkelbüsche, doch für die Herbstblüte gelangte zu wenig Sonne dorthin. M. kannte sich nicht aus mit Botanik und den Ranunkelbüschen, die in sonnigen Lagen gern zweimal im Jahr blühen. Meine Beklommenheit galt der Frage, ob er womöglich meinte, sie könnten jetzt für ihn noch einmal blühen, weil er den Frühling nicht mehr erleben würde. Das waren die gedanklichen Verrenkungen der vorauseilenden Hinterbliebenenschaft, wenn sich auf Umwegen doch die Zukunft in die Gedanken schlich. Doch das ging schnell vorbei. Dann herrschte wieder das aus aller Zeit gelöste Glück an den Augenblicken ohne Schmerz, der ausreichenden Kraft, der winzigen gelungenen Vorhaben, ohne Zukunft und Hoffnung. Vielleicht ist die Gegenwart als kompromissloses Jetzt, das sich mit keiner Aussicht oder Zuversicht einlässt, die unterschätzte Kraft, dem Anschein nach noch kleiner als das *thing with feathers*, doch, im Unterschied zur Hoffnung, absolut.

So mag es sein, und dazu passen und gehören zum Abschluss die Worte des großen Physikers und selbsternannten »Galvanisten« des beginnenden 19. Jahrhunderts, Johann Wilhelm Ritter, Verfasser des Textes *Physik als Kunst*, der in seinem *Pamphlet* ausruft:

Dann sey! Dann lebe! In aller Bedeutung!
Fürchte nichts! Hoffe die Gegenwart!

Wien, im Dezember 2022

Emily Dickinson

»Hoffnung« ist das Federding

»Hoffnung« ist das Federding, das
In der Seele schwingt –
Und die Lieder ohne Worte –
Ohne Ende singt –

Das man – süßer noch – im Lärme
Schwerer Stürme hört –
Ist ein Vöglein, dessen Wärme
Keinem sich verwehrt –

Ich hört es in dem kält'sten Land –
Und auf dem fernsten Meer –
Doch wenn es selbst verhungert wär',
Kein Krümchen nahms von mir.

Friedrich Schiller
Hoffnung

Es reden und träumen die Menschen viel
Von bessern künftigen Tagen;
Nach einem glücklichen goldenen Ziel
Sieht man sie rennen und jagen.
Die Welt wird alt und wird wieder jung,
Doch der Mensch hofft immer Verbesserung!

Die Hoffnung führt ihn ins Leben ein,
Sie umflattert den fröhlichen Knaben,
Den Jüngling locket ihr Zauberschein,
Sie wird mit dem Greis nicht begraben:
Denn beschließt er im Grabe den müden Lauf,
Noch am Grabe pflanzt er – die Hoffnung auf.

Es ist kein leerer schmeichelnder Wahn,
Erzeugt im Gehirne des Toren,
Im Herzen kündet es laut sich an:
Zu was Besserm sind wir geboren,
Und was die innere Stimme spricht,
Das täuscht die hoffende Seele nicht.

Lord Byron

They Say that Hope is Happiness

They say that Hope is happiness;
But genuine Love must prize the past,
And Memory wakes the thoughts that bless:
They rose the first – they set the last;

And all that Memory loves the most
Was once our only Hope to be,
And all that Hope adored and lost
Hath melted into Memory.

Alas it is delusion all:
The future cheats us from afar,
nor can we be what we recall,
nor dare we think on what we are.

Lord Byron
Es heißt, die Hoffnung sei das Glück

Es heißt, die Hoffnung sei das Glück,
Doch wahre Liebe hegt, was war,
Erinnernd sehen wir entrückt,
was uns begleitet durch den Tag.

Was die Erinnerung so liebt,
War unsre größte Hoffnung einst,
Und was der Hoffnung rasch entglitt,
wird bald erinnerte Seligkeit.

Ach! Täuschung ist es allemal,
die Zukunft trügt uns von weit her,
wir sind nie mehr, wie wir uns sahn,
und wer wir sind, wolln wir nicht sehn.

Anmerkung:

S. 42: Die Übersetzung von Emily Dickinsons *»Hoffnung« ist das Federding* stammt aus: Emily Dickinson, *Guten Morgen, Mitternacht*, übersetzt von Lola Gruenthal, Henssel Berlin 1987, S. 15 .

S. 45: Die Übersetzung von Lord Byrons *Es heißt die Hoffnung sei das Glück* stammt von Esther Kinsky.

Esther Kinsky wurde 1956 in Engelskirchen geboren und wuchs im Rheinland auf. Für ihr umfangreiches Werk, das Übersetzungen aus dem Polnischen, Russischen und Englischen ebenso umfasst wie Lyrik, Essays und Erzählprosa, wurde sie mit zahlreichen namhaften Preisen ausgezeichnet, u. a. Preis der Leipziger Buchmesse 2018, Erich Fried Preis 2020 und Kleist-Preis 2022. Zuletzt erschien ihr Roman *Rombo* (2022).

Umschlag: & Co www.und-co.at
Satz: AD
Druck: Florjančič

ISBN 978-3-99059-132-1

Literaturverlag Droschl Stenggstraße 33 A-8043 Graz
www.droschl.com